Gustav von Moser

Die Versucherin

Lustspiel in einem Aufzuge

Gustav von Moser

Die Versucherin
Lustspiel in einem Aufzuge

ISBN/EAN: 9783743314399

Hergestellt in Europa, USA, Kanada, Australien, Japan

Cover: Foto ©Andreas Hilbeck / pixelio.de

Manufactured and distributed by brebook publishing software (www.brebook.com)

Gustav von Moser

Die Versucherin

Die Versucherin.

Lustspiel in 1 Aufzuge

von

G. von Moser.

Die Verfügung über das Aufführungsrecht ist der Agentur der deutschen Genossenschaft dramatischer Autoren und Componisten zu Leipzig übertragen.

Alle Rechte vorbehalten.

Görlitz.
Vierling'sche Buchdruckerei.
1874.

Personen.

Herrmann Kraft, Fabrikant.
Agnes, dessen Frau.
Herr von Seeberg, Rittmeister.
Constance von Leuthen, Wittwe.
Karl, Diener bei Kraft.

Das Stück spielt in der Villa des Fabrikanten Kraft in einer großen Stadt. Zeit Gegenwart.

(Salon. Elegante moderne Einrichtung. Thüren in der Mitte, rechts und links. Rechts ein Schreibtisch. Links ein Etablissement. Im Hintergrunde, dicht an der Mittelthür, ein Blumentisch, unter anderen Blumen darauf ein Rosenstock mit weißen Rosen, an dem zwei Rosen abzupflücken sind. Ein Fenster rechts. Klingel auf dem Tisch. Kiste mit Cigarren. Feuerzeug. Papierkorb neben dem Schreibtisch.)

Scene 1.

Kraft. Karl.

Kraft.
(Sitzt am Tisch rechts und schreibt.)

Karl.
(Hat die Mittelthür geöffnet, steckt den Kopf in's Zimmer.)
Pst — pst — Herr Kraft!

Kraft (unwillig auffahrend.)
Was giebt's denn?

Karl.
Die Kisten sind da.

Kraft.
Still — nicht so laut (steht auf).

Karl (leise).
Soeben angekommen.

Kraft.
Sehr gut. Paß jetzt auf — Du sagst Niemand etwas.

Karl.
Ich sage Niemand Etwas.

Kraft.
Morgen — ehe der Morgen graut, stehst Du auf!

Karl.
Eh' der Morgen graut — steh' ich auf.

Kraft.
Schafffst, was in den Kisten ist, in den Salon meiner Frau.

Karl.
Schaffe die Kisten in den Salon Ihrer — —

1

Kraft.
Unsinn! — Was sollen da die Kisten?
Karl.
Das weiß ich nicht!
Kraft.
Was in den Kisten ist — —
Karl.
Das weiß ich auch nicht.
Kraft.
Aber Mensch — so nimm doch Deine fünf Sinne zusammen.
Karl.
Ach Gott — seitdem Sie verheirathet sind, wird mir das so sauer — ich habe mich immer noch nicht hineingefunden.
Kraft (lachend).
Nun drei Monate hättest Du Zeit dazu gehabt.
Karl.
Sie haben doch bis jetzt nicht zu klagen gehabt — und ich hoffe, die gnädige Frau auch nicht.
Kraft.
In den Flitterwochen sieht man Alles rosig an, so bist Du uns auch rosig erschienen.
Karl.
Sehr schmeichelhaft.
Kraft.
Aber die Flitterwochen hören auf! —
Karl.
Schön!
Kraft.
In der Kiste befindet sich ein Flügel, den ich in Wien gekauft habe. Morgen ist der Geburtstag meiner Frau — Du wirst das Instrument auspacken und ganz zeitig in den Salon tragen lassen.
Karl.
Aha — aha.
Kraft.
Ich werde heut noch einige Vasen kaufen und Gewächse — die werden rechts und links aufgestellt. Wenn sie aufsteht, muß Alles fertig sein.
Karl.
Sehr wohl!

Kraft.
Aber daß meine Frau nicht vorher etwas erfährt.
Karl.
Ohne Sorge — die Flitterwochen sind vorüber, da muß man seinen Verstand zusammennehmen. (Ab d. d. Mitte.)

Scene 2.
Kraft. Dann Agnes.
Kraft.
Er spricht ein großes Wort gelassen aus — aber er hat Recht. Manches muß sich doch jetzt ändern (setzt sich zum Schreiben).
Agnes (von links).
Guten Morgen, Herrmann!
Kraft.
Ah, guten Morgen, meine liebe Frau!
Agnes.
Du bist schon wieder fleißig?
Kraft.
Ja, um keine Stunde zu verlieren, die ich mit Dir genießen kann.
Agnes.
Das ist schön — weißt Du auch, daß ich Dich mit jedem Tag lieber gewinne?
Kraft.
Meine liebe Frau!
Agnes.
Schon lange, ehe wir uns verlobten, fand ich Dich netter, als alle anderen Herren, Du bist aber immer besser geworden.
Kraft.
Schmeicheleien verderben uns — Kind.
Agnes.
Oh — man sagte mir auch, daß Du etwas starr= köpfig seist, sehr gern auf Deinem Willen beständest.
Kraft.
Das muß jeder Mann, wenn er etwas für recht erkennt.
Agnes.
Man sagte, daß ich darunter zu leiden haben würde — aber das Alles ist nicht wahr, Du bist die Güte, die Liebenswürdigkeit selbst gegen mich.

1*

Kraft.

Das ist nicht schwer, wenn Einem so viel Liebe entgegen getragen wird — von einer so reizenden Frau, wie ich sie habe. (Haben sich auf den Divan gesetzt.)

Agnes.

Mein lieber guter Mann. (Umarmung, sprechen leise weiter, während er sie im Arm hat.)

Scene 3.

Karl. Kraft. Agnes.

Karl

(durch die Mitte, sieht die Umarmung).

Au — — ich denke die Flitterwochen sind aus. Sie sehn und hören nichts. (Er macht die Thür nochmals zu, räuspert sich dann.) Hm — hm.

Kraft (fortrückend).

Was giebt es?

Karl.

Ein Brief — ich soll Antwort bringen; (giebt einen Brief ab) die Gnädige ist ganz roth geworden — hihi!

Kraft (hat gelesen).

Eine Einladung zum Souper von Dr. Selters.

Agnes (gedehnt).

So?

Kraft (zu Karl).

Ich werde schreiben.

Karl.

Sehr wohl. (Karl ab.)

Kraft.

Nun — was meinst Du, liebe Frau?

Agnes.

(Zupft an ihrem Taschentuch, sieht vor sich nieder.)

Kraft.

Ich denke, wir nehmen die Einladung an.

Agnes.

So?

Kraft.

Es scheint Dir nicht recht zu sein.

Agnes.

Ich bin am liebsten nur in Deiner Gesellschaft.

Kraft.

Das ist sehr liebenswürdig, aber der Doctor hat uns bereits zwei Mal eingeladen, und wir haben abgesagt.

Agnes.
Also können wir es doch wieder thun.
Kraft.
Liebes Kind, wir sind jetzt drei Monat verheirathet, wir müssen doch endlich daran denken, unsern Verpflichtungen gegen die Gesellschaft nachzukommen.
Agnes.
Dazu ist noch Zeit genug.
Kraft.
Ich wüßte wirklich gar keinen Grund zu einer Absage.
Agnes.
Der wird sich schon finden.
Kraft.
Einmal müssen wir doch aus unserer Einsamkeit heraustreten.
Agnes.
Einsamkeit?
Kraft.
Ja.
Agnes.
Oh gewiß — gewiß — (rückt fort) die fremde Gesellschaft ist ja die Hauptsache.
Kraft (erstaunt).
Was hast Du?
Agnes.
Ich glaubte nicht, daß Du sobald Deinen wahren Charakter herauskehren würdest.
Kraft.
Aber Agnes!
Agnes.
Es ist ein schreckliches Gefühl, einzusehn, daß Du meiner überdrüssig bist — — daß ich Dir nicht genüge. Das thut weh — sehr weh — (weint).
Kraft.
Aber mein Gott, Agnes — ich begreife Dich nicht.
Agnes.
O — ich aber Dich — Du hast mich nur geheirathet, um mich in allen Gesellschaften herum zu schleppen.
Kraft.
Herr Gott — gutes Kind — sei doch nicht so gereizt.
Agnes.
Ich bin nicht gereizt — unglücklich bin ich.

Kraft.
Die Sache ist ja gar nicht der Rede werth — ich bestehe ja durchaus nicht auf diese Gesellschaft.
Agnes.
Oh — ja —
Kraft.
Nein — ich bin viel lieber mit Dir allein.
Agnes.
Wenn das wahr wäre.
Kraft.
Ich will es Dir beweisen — ich schreibe sogleich ab, mehr kann ich aber doch nicht thun.
Agnes.
Du willst wirklich?
Kraft.
Gewiß — aber nun mach auch wieder ein freundliches Gesicht — es ist ja Thorheit, sich solcher Bagatelle halber rothe Augen zu machen.
Agnes (Augen trocknend).
Du warst doch Schuld.
Kraft.
Ich will es wieder gut machen — sofort (geht an den Schreibtisch und schreibt).
Agnes (hinübersehend, bei Seite).
Ob es wahr ist?
Kraft.
So — da hier — (liest). Lieber Freund, ich bedaure Deine Einladung nicht annehmen zu können, da ich schon versagt bin.
Agnes.
Versagt?
Kraft.
Hast Du mich nicht engagirt?
Agnes.
Lieber guter Mann, vergieb mir! (wirft sich an seine Brust).
Kraft.
Von Herzen, liebe Agnes (Umarmung).

Scene 4.
Karl. Kraft. Agnes.
Karl.
(Tritt schnell durch die Mitte ein — sieht die Umarmung.)
Herrje — (will wieder fort).

Kraft.

Was giebt es?

Karl.

Sie wollten zum Bahnhof gehn — es ist Zeit — ich sollte erinnern!

Kraft.

Ja so — liebes Kind — der Rittmeister von See=berg telegraphirte mir gestern, daß er hier durchfährt. (Nimmt Hut, Handschuhe und Stock.)

Agnes.

Du kommst doch bald wieder?

Kraft.

Gewiß — ich will dem alten Freunde nur guten Tag sagen. (Wendet sich zu Karl, zieht Handschuhe an.) Karl — diesen Brief zur Post! (Spricht leise weiter mit Karl.)

Agnes (bei Seite).

Mir ist ein Stein vom Herzen.

Kraft.

Adieu, Agnes — in einer halben Stunde bin ich zurück. (Ab durch die Mitte.)

Agnes.

Karl — was sagte mein Mann?

Karl.

Oh —

Agnes.

Er sprach doch mit Dir?

Karl.

Es war nichts.

Agnes.

Ich will es aber wissen.

Karl.

Hehe — ich kann's wirklich nicht sagen.

Agnes.

Ich befehle Dir —

Karl.

Wenn Sie befehlen — er sagte — hehe — ich sollte immer anklopfen, wenn ich in's Zimmer trete. Hihihi (hält sich die Hand vor's Gesicht, ab durch die Mitte).

Agnes (verlegen).

Ach so. — Ich glaube wirklich, meine Augen sind roth. (Sieht in den Spiegel.) Es war thöricht, diese Scene zu machen, dennoch freut es mich, daß er nachgegeben hat — ist es mir doch ein Zeichen, wie sehr er mich liebt.

(Es klopft.) Ich glaube gar der alberne Mensch klopft. (Es klopft wieder.) Da kann er lange warten. (Sie dreht der Mittelthüre den Rücken.)

Scene 5.
Constance. Agnes.

Constance
(durch die Mitte eintretend bei Seite).
Ein merkwürdiger Empfang das (sieht verwundert Agnes an).

Agnes (bei Seite, wie vorhin).
Ich bin, glaub ich, roth geworden. (Laut) Was giebt's denn?

Constance.
Das ist eine sonderbare Art, eine Freundin zu empfangen.

Agnes
(sich schnell umwendend, überrascht).
Constance —?

Constance.
Ja — meine gute Agnes. (Umarmung.)

Agnes.
Welche Ueberraschung — wie freue ich mich!

Constance.
Und machst ein verwundertes Gesicht, als wenn Du einen Geist siehest.

Agnes.
Oh nein — nein — aber wie kommst Du hierher?

Constance.
Wie? — ich bin auf der Flucht!

Agnes.
Auf der Flucht? — vor wem?

Constance.
Vor einem Manne —

Agnes.
Ah!

Constance.
Mit dem man mich verheirathen wollte —

Agnes.
Das mußt Du mir erzählen — setzen wir uns — legst Du nicht ab?

Constance (Hut ablegend).
Danke — Du weißt, daß ich, seitdem ich Wittwe bin, bei Verwandten auf dem Lande lebe.

Agnes.
Ich weiß — seit zwei Jahren.

Constance.
Vor einiger Zeit komme ich durch Zufall hinter ein Complott —

Agnes.
Gegen Dich?

Constance.
Ja — man wollte die Vorsehung spielen — machte Anstalten, mich zu verheirathen. Denke Dir, mich verheirathen — wie vielleicht einen unschuldigen Backfisch — das verdiente Strafe.

Agnes.
Aber an wen?

Constance.
Das weiß ich nicht. Die Sache sollte ganz harmlos eingeleitet werden. Eines Tages sprach man davon — daß sich Besuch angesagt hätte — ich wußte, daß man ihn bestellt hatte. Meine Vorbereitungen waren getroffen — als ich hörte, daß er eintreffen sollte, war mein Koffer gepackt und ich erklärte, daß ich für meine Gesundheit einen Aufenthalt auf dem Rigi nehmen müsse —

Agnes.
Und reistest ab.

Constance.
Ja! — die langen Gesichter hättest Du sehen sollen!

Agnes.
Hahaha —

Constance.
Haha — jetzt sitzen sie mit meinem Zukünftigen allein.

Agnes.
Der arme Mensch!

Constance.
Ich bedaure ihn auch — aber helfen kann ich ihm nicht — doch nun zu Dir — Du bist ehrsame Frau.

Agnes.
Schon drei Monate.

Constance.
Und bist zufrieden?

Agnes (mit Begeisterung).
Ich bin die glücklichste, seligste, beneidenswertheste Frau auf der Welt.

Constance.
Natürlich — und Dein Mann?
Agnes.
Ist der liebenswürdigste — sanfteste — beste Mann unter der Sonne —
Constance.
Oh weh!
Agnes.
Der zärtlichste, beständigste, treueste —
Constance.
Hör' auf, Agnes. Mir schwindelt vor dieser Vollkommenheit — es ängstigt mich.
Agnes.
Wie kann Dich mein Glück ängstigen?
Constance.
Dein Glück nicht — aber diese Superlative — beste — zärtlichste — beständigste —
Agnes.
Er ist aber doch so —
Constance.
Sieh, liebes Kind — ein Superlativ ist wie die höchste Spitze eines Berges — man steigt hoffnungsvoll hinauf — sieht sich um — eine entzückende Aussicht — doch nur ein kurzer Aufenthalt und dann — —
Agnes.
Nun und dann? —
Constance.
Dann muß man wieder hinunter.
Agnes.
Man muß? — —
Constance.
Muß — ja — aber sieh — es giebt da verschiedene Wege. Bist Du schwindlig?
Agnes.
Ja — sehr.
Constance.
Denke Dir — Du siehst plötzlich in einen jähen Abgrund — Du würdest hinabstürzen, wenn nicht eine Freundin da wäre, die Dich zurückhielte — und Dir den Weg zeigte, auf dem man Arm in Arm, lachend und plaudernd wieder die Ebene des gewöhnlichen Lebens erreichen kann.
Agnes.
Das ängstigt mich.

Constance.
So wenig wie man auf den höchsten Bergesspitzen wohnen bleiben kann — so wenig sind die Superlative guter Eigenschaften bei einem Mann angebracht.
Agnes.
Oh, bei meinem Mann — —
Constance.
Je eher Du Deine Illusion verlierst, desto glücklicher und ruhiger wirst Du mit ihm leben können.
Agnes.
Aber ich sage Dir, er ist der beste — der redlichste —
Constance (unterbrechend).
Thu' mir den Gefallen — er gehört zu dem großen Geschlecht der Männer — also ist er auch nur ein Mann — eine Versuchung und er ist dahin.
Agnes.
Oho — mein Mann — dahin?
Constance.
Ja —
Agnes.
Nein — da irrst Du Dich.
Constance.
Ich möchte es Dir beweisen — fassen wir ihn bei einer von den vielen schwachen Seiten — bei der Eitelkeit.
Agnes.
Er ist nicht eitel —
Constance.
Das werden wir sehen. (Steht auf.) Hast Du kein Schreibzeug — ah — dort. (Geht nach dem Schreibtisch rechts.)
Agnes.
Was willst Du?
Constance.
Deinen superlativen Mann in Versuchung führen. (Setzt sich und schreibt.)
Agnes (lachend).
Das ist köstlich — hahaha — oh, mein Mann ist stark!
Constance.
Auch die starken Männer können schwach sein.
Agnes.
Das ist vergebene Mühe. (Tritt zu Constance).
Constance (lesend).
„Geehrter Herr — eine Dame schmachtet nach Ihrer Bekanntschaft — bittet Sie, ihr heut um 12 Uhr

auf der Promenade zu begegnen. Erkennungszeichen weiße Rose —! C. — —" So (faltet den Brief zusammen) hier liegen noch einige unerbrochene Briefe — ich lege das dazu. Du bist doch nicht böse — wir werden etwas zu lachen bekommen.

Agnes.

Wir werden lachen über Dich.

Constance.

Aber Dein Mann darf mich nun vorher nicht hier finden. (Nimmt Ihren Hut.)

Agnes.

Und Du hast meinen Salon noch nicht gesehen — komm', Du kannst nachher durch das Glashaus in den Garten und zur Promenade — haha — Du denkst doch nicht, daß er kommt.

Constance.

Nous verrons.

(Beide ab links).

Scene 6.

Karl (durch die Mitte).

Niemand hier — das paßt! (Er zieht eine Schnur zum Messen aus der Tasche.) Ich muß doch sehen, ob der Flügel durch diese Thüren geht. (Will messen.) Da kommt schon wieder Jemand.

Scene 7.

Vorige. Kraft. Seeberg.
(Durch die Mitte.)

Kraft.

Da wären wir in meinem Heim! ich lasse Dich nicht fort — Du bleibst heut bei uns.

Seeberg.

Einladend genug sieht es hier aus — aber ich störe Dich — Ihr seid in den Flitterwochen —

Karl (herausplatzend).

Ja das ist wahr —

Kraft.

Was unterstehst Du Dich —

Karl.

Hm — hm — ich hatte vorhin einige Briefe auf den Tisch gelegt und — — und —

Kraft.
Es ist gut — geh' jetzt!
(Karl ab.)

Kraft.
Du störst mich in der That nicht und mein bester Freund muß doch meine Frau kennen lernen — ich sage Dir, was für eine Frau!

Seeberg.
Man sieht, daß ein guter Geist hier waltet — Alles so behaglich — ich beneide Dich!

Kraft.
Hast Du denn noch nie Lust verspürt, eine Frau zu nehmen?

Seeberg.
Lust — lieber Gott — offen gestanden ja — aber es geht mir mit der Frau, wie mit den Schimmeln —

Kraft.
Hahaha —

Seeberg.
Wahrhaftig — gerade wenn ich einen suche, finde ich keinen — und wenn ich sie nicht brauche, werden sie mir angeboten.

Kraft.
Die Frauen auch? (Lacht.)

Seeberg.
Ja — auch! Denke Dir, ein alter Freund bittet mich neulich sehr dringend, ihn zu besuchen — ich denke, ich soll ihm helfen Pferde einkaufen, oder seiner Frau Reitstunde geben — —

Kraft (ironisch).
Das würde ich von Dir nicht verlangen, Rittmeister.

Seeberg.
Irgend so etwas — ich nehme Urlaub — fahre ab — Als ich ankomme, macht er ein langes Gesicht, entdeckt mir, daß er mich hätte verheirathen wollen —

Kraft.
Oh — mit wem?

Seeberg.
Einer Wittwe — schön — reich — liebenswürdig —

Kraft.
Nun?

Seeberg.
Als sie hört, daß ich ankommen soll, packt sie ihre sieben Sachen und nimmt Reißaus!
Kraft.
Oh!
Seeberg.
Wahrhaftig etwas Strangschläger — weißt Du — aber geärgert hat es mich doch. Sie sitzt jetzt auf dem Rigi —
Kraft.
Laß sie sitzen!
Seeberg.
Ganz gewiß — aber sie hat ein Flacon vergessen — das bring ich ihr — noblesse oblige — dann auf dem Absatz Kehrt gemacht.
Kraft.
Das sieht Dir ähnlich — aber bitte, nimm Platz — da sind Cigarren — ich will schnell die Briefe durchsehn. (Geht an seinen Schreibtisch.)
Seeberg.
Laß Dich nicht stören — (setzt sich, zündet Cigarre an) ich bin hier gut aufgehoben.
Kraft.
(Hat Brief erbrochen und gelesen.)
Was ist denn das — hahaha —
Seeberg.
Was?
Kraft
(aufstehend, giebt Seeberg den Brief).
Eine sonderbare Geschichte — lies selbst.
Seeberg.
(Hat schnell gelesen.)
Alle Wetter — so etwas ist mir in meinem ganzen Leben noch nicht passirt! Du hast keine Ahnung, von wem?
Kraft.
Nein —
Seeberg.
Nun, was wirst Du thun? —
Kraft.
Den Brief in den Papierkorb werfen! (Will den Brief aus Seeberg's Händen nehmen.)
Seeberg (zurückhaltend).
Ah — die hübsche Handschrift.

Kraft.

Denkst Du, ich habe Lust, mich mit irgend einer überspannten alten Dame einzulassen?

Seeberg.

Alt! — da (giebt den Brief) in den Papierkorb.

Kraft.

Neugierig auf die Schreiberin wäre ich aber doch — (wirft den Brief auf den Schreibtisch).

Seeberg.

Ich auch (sieht auf). Du, wie wär's, wenn ich sie mir ansähe?

Kraft.

Du?

Seeberg.

Ja, statt Deiner. Ist sie alt oder sehr beleibt, kann ich ja einen großen Bogen machen; auf jeden Fall sehe ich sie — das macht mir Spaß!

Kraft.

Haha — nun meinetwegen — ich bin dabei außer Schuld — aber es ist beinah Zeit zum Rendezvous — ich habe noch einige Einkäufe zu machen — in einer halben Stunde treffen wir uns hier.

Seeberg.

Charmant. Empfiehl mich Deiner Frau und entschuldige mich, daß ich bei meinem Steaple Chase nach dem Rigi durch ihre Salons galoppire. (Ab Mitte.)

Kraft.

Viel Glück auf den Weg! Wunderbare Geschichte — ich glaube, es ist gut, wenn ich meiner Frau davon nichts sage.

Scene 8.

Agnes. Kraft.

Agnes.

Du bist schon zurück?

Kraft.

Ja, mein Kind.

Agnes

(auf den Schreibtisch sehend, bei Seite).

Er hat den Brief gelesen.

Kraft.

Liebe Agnes, wir werden heut einen Gast bei Tisch haben — einen alten Freund.

Agnes.

Das freut mich — Deine Freunde sind auch die meinen — (erschreckt) aber Du ziehst Dir ja die Handschuh an?

Kraft.

Ja.

Agnes (bestürzt).

Und nimmst Deinen Hut?

Kraft.

Ja — ich habe noch einen kurzen Gang zu machen.

Agnes (bei Seite).

Herr Gott! (laut) Oh — laß das jetzt und bleibe bei mir.

Kraft.

So gern ich alle Deine Wünsche erfülle — heute muß ich eine Ausnahme machen; (umfängt sie) aber ich bleibe nicht lange!

Agnes.

Nein, Herrmann — (hält ihn) Du bleibst bei mir — ich bitte auch recht schön.

Kraft.

Aber liebes Kind —

Agnes
(zieht ihn zum Sopha).

Komm — setze Dich zu mir — so — stell' den häß= lichen Hut fort — (nimmt seinen Hut und stellt ihn auf den Tisch). Ich kann ihn nicht leiden, weil er immer ein Anzeichen der Trennung von Dir ist. (Setzen sich neben einander.)

Kraft (zärtlich).

Du bist rührend, liebe Frau.

Agnes.

Laß uns etwas plaudern — ich liebe dieses Plätzchen so sehr — erinnert es mich doch an die schönsten Stunden meines Lebens.

Kraft.

Ja, mich auch, mein Herz!

Agnes.

Zieh' Dir doch die häßlichen Handschuhe aus (will seine Handschuhe ausziehen).

Kraft (ausweichend).

Zum Plaudern gehört Ruhe und die habe ich jetzt nicht.

Agnes (ernster).

Du hast keine Ruhe?

Kraft.

Nein, wie ich Dir sage — ich habe nothwendig zu thun. (Steht auf.)

Agnes.

Trotz meiner Bitte?

Kraft (will sie liebkosen).

Ja — trotz — meine liebe Agnes!

Agnes (zurückweichend).

So — nun darf ich wissen, was denn so dringend ist?

Kraft (lachend).

Ein Geheimniß!

Agnes.

Ein Mann soll keine Geheimnisse vor seiner Frau haben — bitte sage es mir — (schmeichelnd) Du bist auch mein guter lieber Mann.

Kraft.

Es giebt Dinge, die man nicht sagen kann.

Agnes.

Oh, Du kannst mich nicht lieben.

Kraft.

Aber Agnes — Du hast heut schon eine Scene gemacht — fange nicht wieder an.

Agnes (weint).

Oh — ich begreife Alles.

Kraft.

Herr Gott — ich begehe doch kein Unrecht! Ich sage Dir — ich will mir nur eine erlaubte Freude bereiten.

Agnes
(bei Seite unter Thränen).

Ein Rendezvous nennt er eine erlaubte Freude!

Kraft.

Was sagst Du? (Tritt zu ihr.)

Agnes (gefaßt).

Nichts — geh nur — geh —

Kraft.

Später erzähle ich Dir Alles — Du wirst selbst über Dich lachen!

Agnes.

Ich denke gar nicht daran.

Kraft.

Sei gut, Agnes! Adieu! (Wendet sich zum Gehen.)

2

Agnes (bei Seite).

Er geht wirklich!

Kraft

(bleibt an dem Blumentische im Hintergrunde stehen, bei Seite).

Ah für den Rittmeister! (Laut) Schatz — erlaubst Du mir eine von Deinen weißen Rosen?

Agnes (weinend).

Auch das noch?

Kraft.

Wie sagst Du?

Agnes (empört).

Ja — ja — Alles erlaube ich — geh nur — geh!

Kraft

(hat sich eine weiße Rose gepflückt).

Wenn ich wieder komme, hoffe ich eine vernünftige Frau zu finden. Adieu! (Ab Mitte).

Agnes.

Oh, das ist zuviel! Diese Erfahrung wird mir das Herz brechen. Auf die Aufforderung einer fremden unbekannten Dame läßt er mich trotz meiner Thränen hier zurück. O die Männer — sind schreckliche Geschöpfe. (Tritt an das Fenster.) Er geht nach der Promenade zu — der Treulose — oh — es ist gar kein Zweifel. Aber was beginne ich — so kann ich das nicht ertragen. Oh — ich werde an meine Mutter schreiben. (Setzt sich, schreibend): „Liebe Mutter — mein Mann ist ein Ungeheuer — — — ich kann vor Thränen nichts sehen — die Buchstaben tanzen alle —" (steht auf und klingelt) ich fahre zu ihr — das ist das Beste. (Es klopft.) Herein — ich fahre heut — gleich — (es klopft stärker; laut:) herein! (Stampft mit dem Fuße auf.)

Scene 9.

Karl. Agnes.

Agnes (böse).

So lassen Sie doch nicht zehnmal herein rufen.

Karl.

Ach — gnädige Frau sind allein? (Sieht sich verdutzt um.) Es sprach doch hier — —

Agnes.

Meine Jungfer soll alle meine Sachen zusammenpacken — alle — ich verreise.

Karl (erstaunt).

Ah!

Agnes.

Hast Du nicht verstanden?

Karl.

Da werde ich nur für den Herrn auch Alles einpacken.

Agnes.

Nein, ich reise allein.

Karl.

Ist es möglich — (für sich) nein — das ist wohl nicht möglich.

Agnes.

Mach', daß Du fortkömmst.

Karl.

Ja, ich gehe schon. (Mitte ab.)

Agnes.

Oh — wie bin ich unglücklich. (Sinkt in einen Sessel — weint.)

Scene 10.

Constance. Agnes.

Constance (sehr vergnügt).

Ah Agnes — das war zum Todtlachen!

Agnes.

Ich finde es zum Todtweinen!

Constance.

Die Art und Weise, wie ich Deinen Mann kennen lernte, war neu — aber ich gratulire Dir.

Agnes.

Sprich mir nicht von ihm!

Constance.

Du hast wirklich einen vortrefflichen netten Mann.

Agnes.

Ich — ich habe das Unglück, den treulosesten, den hartherzigsten — den gewissenlosesten aller Menschen zum Mann zu haben.

Constance.

Hu — entsetzlich —

Agnes.

Ich will nichts mehr sehen und hören von ihm.

Constance.

Oh — diesmal muß ich seine Parthie nehmen.

2*

Agnes.
Das ist nicht möglich!
Constance.
Hör' nur — kaum war ich in der Linden-Allee einigemal auf- und abgegangen, als ich schon Deinen Herrn und Gebieter ankommen sehe — eine weiße Rose in der Hand.
Agnes.
Meine Rose — oh — es giebt kein zweites Ungeheuer, wie er ist.
Constance.
Im Gegentheil — er hat mir sehr gefallen. Du hast Geschmack — eine schöne männliche Erscheinung — offener Ausdruck — ein treues Auge.
Agnes.
Hättest Du ihn doch geheirathet!
Constance.
Solchen Mann würde ich gleich genommen haben. Als wir uns begegnen, fixirt er mich —
Agnes.
Wie gewissenlos!
Constance.
Sie haben befohlen, sagte er —
Agnes.
Es hat ihm doch kein Mensch etwas zu befehlen als ich.
Constance.
Nein! Ein eigenes Lächeln spielte um seinen Mund —
Agnes.
Spielte — oh der Heuchler — nur weiter!
Constance.
Es war so etwas Ueberlegenes, das mich in Verwirrung gesetzt hätte — wenn ich nicht so groß dastand und er mir doch so klein erschienen wäre.
Agnes.
Oh — mein Mann ist nicht klein.
Constance.
Ich mußte mich zusammennehmen, um nicht offen herauszulachen, als ich sagte, ich habe gewünscht, den ersten Mustermenschen, den normalsten aller Ehemänner kennen zu lernen.
Agnes.
Ich danke! was sagte er?
Constance.
Ich glaubte — es würde ihn in Verlegenheit setzen,

aber denke Dir — umgekehrt — er sprach so verständig, so klar — es war beinah — als wenn er mir Vorwürfe über den Brief machen wollte — er sagte etwas von Frauen=Emancipation — aber Alles sehr liebenswürdig.
                    Agnes.
Oh, er kann liebenswürdig sein.
                    Constance.
Dabei leuchtete sein Auge und gab seinen Zügen etwas, was ihn schön machte. Du hast wirklich einen schönen Mann, Agnes.
                    Agnes.
Wann reist Du denn wieder ab?
                    Constance.
Oh — ich glaube gar — Du willst eifersüchtig werden auf eine Freundin — das wäre Thorheit!
                    Agnes.
Es könnte mir auch einerlei sein — denn ich habe mich entschlossen, auch zu reisen.
                    Constance.
Verreisen — Du?
                    Agnes.
Was soll ich auch Besseres thun — einen Mann zu haben — der es für ein erlaubtes Vergnügen hält, fremden Damen nachzulaufen — und eine Freundin — die solchen Mann reizend findet — das ist zuviel — ich bin sehr un=glücklich! (Bricht in Thränen aus — schnell ab links.)
                    Constance.
Aber Agnes! (Zum Publikum.) Jetzt geht es bergab. (Folgt ihr schnell links ab.)

Scene 11.

Karl. Seeberg.

                    Seeberg.
            (Mitte — weiße Rose im Knopfloch.)
Herr Kraft noch nicht zurück?
                    Karl.
Nein — ich sollte dem Herrn Rittmeister ein Zimmer anweisen — hier rechts — jene Thür!
                    Seeberg.
Ich danke — ich werde hier warten.
                    Karl.
Befehlen der Herr Rittmeister auch, daß ich anklopfe?

Seeberg.
Anklopfe?
Karl.
Ja — hier bei uns wird jetzt immer angeklopft —
Seeberg.
So — nun — dann klopfen Sie bei mir nur auch an.
Karl.
Schön — es ist für alle Fälle besser! (Ab Mitte.)
Seeberg.
Ein merkwürdiges Abenteuer — ich muß die Schriftzüge noch einmal studiren — (setzt sich an den Schreibtisch rechts — nimmt das Couvert des Briefes) edel — klassisch — beinah so schön wie sie selbst. Wer sie nur sein mag. Nach dem Namen zu fragen, wäre indiskret gewesen. — Dennoch fort mit dem Bild — eine Dame, die derartige Briefe schreibt — fort damit — (wirft den Brief auf den Tisch, sitzt so, daß er den Rücken nach links wendet).

Scene 12.

Constance. Seeberg.

Constance (von links bei Seite).
Sie will allein sein! (sieht Seeberg) Ah — da ist er ja, der Vokativus von Mann; eine kleine Strafe kann ihm nicht schaden. (Sie geht leise nach der Mittelthür, als wenn sie durch diese eingetreten wäre.) Hm — hm —
Seeberg
(sich schnell umwendend).
Herr Gott — meine Dame. (Springt auf.)
Constance.
Entschuldigen Sie, mein Herr!
Seeberg.
Sie kommen mir doch nicht etwa nach?
Constance.
Offen gestanden — ja — ich sah Sie in dies Haus treten und folgte Ihnen.
Seeberg (verlegen).
Aber —
Constance.
Oh, zürnen Sie mir nicht — ich kann mich so schnell nicht wieder trennen von dem Ziel — das ich erreichte.
Seeberg (bei Seite).
Das ist mehr wie militairfromm!

Constance.

Auf der Promenade kann man sich nicht aussprechen — ich hätte Ihnen noch so viel zu sagen.

Seeberg.

Sehr liebenswürdig — aber — —

Constance.

Hier ist es reizend bei Ihnen. (Sieht umher.)

Seeberg (sehr verlegen).

Ja, es gefällt mir auch — aber ich bedaure wirklich —

Constance.

O — machen Sie gar keine Umstände. (Setzt sich.)

Seeberg (bei Seite).

Sie richtet sich häuslich ein — ich stehe wie auf Kohlen.

Constance (bei Seite lachend).

Wie er verlegen ist. Sehr amüsant. (Laut) Kommen Sie — plaudern wir.

Seeberg
(steht auf, bei Seite).

Das ist stark! — Hier giebt es nur ein Mittel.

Constance (recht kokett).

Nun wollen Sie nicht?

Seeberg
(von jetzt an recht degagirt — ein klein wenig zudringlich).

Oh gewiß — mit dem größten Vergnügen. (Nimmt einen Stuhl in Constance's Nähe ein.)

Constance.

Wissen Sie, daß Sie Eindruck auf mich gemacht haben?

Seeberg.

Oh und ich bin entzückt von Ihnen — welch' schöne reizende Hand? (Küßt ihr die Hand.)

Constance.

Bedenken Sie, daß Sie verheirathet sind.

Seeberg (bei Seite).

Ja so! (Laut) Oh das thut nichts. Sind Sie verheirathet, wenn ich fragen darf?

Constance.

Ich bin Wittwe.

Seeberg.

Charmant, (indem er mit dem Stuhle näher rückt) ich habe eine gewisse Passion für die Wittwen.

Constance.
So? (Rückt fort.)
Seeberg.
Bei jungen schüchternen Mädchen werde ich auch verlegen — aber die Wittwen schlagen für gewöhnlich die Augen nicht nieder — sondern machen sie hell und klar auf — so wie Sie — das giebt Muth — (näherrückend) Sie haben sehr schöne Augen.
Constance.
Das sagt man nicht so direct.
Seeberg.
Sie haben Recht — unter gewöhnlichen Umständen könnte ich das nicht — aber da Sie mir so freundlich entgegenkommen — (Rückt dicht heran.)
Constance.
Mein Herr! (Steht auf.)
Seeberg (bei Seite).
Gott sei Dank — es half. (Steht auf.)
Constance (streng und bestimmt).
Haben Sie die Güte, hier sitzen zu bleiben — bitte — setzen Sie sich —
Seeberg.
Sie befehlen.
Constance.
Sie sind etwas unruhig — ich bin nervös — so werden wir uns besser unterhalten. (Setzt sich von ihm entfernter.)
Seeberg (bei Seite).
Merkwürdige Wittwe! (Laut) Ja, ich bin allerdings etwas unruhig!
Constance.
Von Temperament?
Seeberg.
Nein — wohl weil ich viel zu Pferde bin.
Constance.
Ah — Sie reiten.
Seeberg.
Allerdings — ja — ich habe vier Reitpferde.
Constance.
Das ist reizend — ich reite auch passionirt.
Seeberg.
So?
Constance.
Reiten Sie oft mit Ihrer Frau?

Seeberg.
Hm — nein — die weiß gar nicht, daß ich Reitpferde habe.
Constance.
Wie ist das möglich?
Seeberg.
Oh, die Frauen brauchen nicht Alles zu wissen.
Constance.
Ei — ich habe Sie für einen soliden Mann gehalten. Aber diese Grundsätze —
Seeberg.
Die Frauen täuschen uns auch.
Constance.
Nur wenn sie einen guten Zweck im Auge haben.
Seeberg.
Aha —
Constance.
Ja ja — auch ich werde Ihnen erst später klar werden — wenn wir recht gute Freunde geworden sind.
Seeberg (bei Seite).
Da kann sie lange warten! (Sieht nach der Uhr.)
Constance.
Glauben Sie nicht, daß wir das werden?
Seeberg.
Oh ja — mit der Zeit — vielleicht — aber für jetzt hätte ich eine große Bitte.
Constance.
Nun?
Seeberg.
Wenn jetzt Jemand käme! Wenn Sie die Güte haben wollten, dies Lokal recht bald zu verlassen. (Steht auf.)
Constance.
Haha — das ist zum Lachen — (bei Seite) er fürchtet seine Frau!
Seeberg.
Wir können uns ja wieder treffen — doch jetzt hier — ich bin in großer Verlegenheit.
Constance.
Das glaube ich — aber Sie haben Recht — wir können uns ja wiedertreffen — hahaha (während sie sich zum Gehen bereit macht, für sich) ich werde durch den Garten gehen und hier wieder hereinkommen (auf die Thür links deutend) der Schreck!

Seeberg.
Gott sei Dank, sie geht.
Constance.
Also auf Wiedersehen, mein Herr!
Seeberg.
Empfehle mich gehorsamst!
Constance.
Wollen Sie mir schreiben?
Seeberg (die Thür öffnend).
Nein — nein — bitte, schreiben Sie.
Constance.
Adieu! (Constance ab Mitte.)
Seeberg.
Adieu! Gott sei Dank, daß sie fort ist — und daß ich heut auch wieder abreise. Wäre Kraft jetzt gekommen — oder seine Frau — ich hätte gar nicht gewußt — was ich sagen sollte. Aber es ist ein neuer Beweis — „nie in den Apfel beißen, den uns eine Tochter Eva's hinhält."

Scene 13.

Kraft. Seeberg.

Kraft (durch die Mitte).
Ah — da bist Du ja. Nun, wie ist Dein Abenteuer abgelaufen? (Legt ab.)
Seeberg.
Du, das war gefährlich.
Kraft.
Und wer war sie —
Seeberg.
Eine Wittwe — schön — sehr schön — ich war auf dem besten Wege mich zu verlieben — aber — —
Kraft.
Aber?
Seeberg.
Weißt Du, ich liebe die etwas unruhigen Temperamente bei den Pferden — es macht Vergnügen, sie kurz zu kriegen — aber gegen Durchgänger habe ich doch ein Vorurtheil.
Kraft.
Sie hatte Anlage dazu.
Seeberg.
Ausgebildeter Durchgänger! Ich wollte ihr kleine

Hülfen geben — aber eins zwei drei hatte sie die Kandare geschnappt und da setzte sie mich hierher — und sie saß da!

Kraft (erstaunt).

Was denn — saß da —

Seeberg.

Ja, denke Dir, sie kam mir doch nach —

Kraft.

Hierher?

Seeberg.

Ja — ganz unbefangen.

Kraft.

Herr Gott — wenn das meine Frau gemerkt hätte.

Seeberg.

Das war ja meine Angst.

Kraft.

Meine Frau hast Du doch nicht gesehn?

Seeberg.

Nein — ich glaube es ist besser, ich mache ihre Bekanntschaft auf der Rückreise und gehe jetzt lieber (will fort) auf den Rigi, es ist sicherer —

Kraft.

(Hält ihn auf und führt ihn dann an die Thür rechts).

Wo denkst Du hin — nein — wir gehn sofort zu Tisch — dort ist Dein Zimmer — laß Dich also bald wieder sehn.

Seeberg.

(An der Thür rechts.)

Aber lieber Freund, unsere Wittwe.

Kraft (lachend).

Ah — die übernehme ich! (Seeberg rechts ab.) Aber nun zu meiner Frau — (will nach der Thür links — hält plötzlich inne) nein — es ist besser, ich lasse sie kommen. Im Grunde hatte ich Recht, man darf nicht zu nachgebend sein. Ah — ich höre sie kommen. (Geht schnell an den Schreibtisch, setzt sich — Rücken nach links.) Was soll das? (liest) „Liebe Mutter — mein Mann ist ein Ungeheuer." Ah!

Scene 14.

Constance. Kraft.

Constance (von links).

Der wird erschrecken! Hm — hm.

Kraft.
Hm — hm — (bei Seite) ich soll anfangen — nein.
Constance.
Hm — der Bösewicht! (Sie tritt bis dicht an Kraft — schlägt ihn mit dem Fächer oder Sonnenschirm auf die Schulter — kokett.) Schreiben Sie etwa schon an mich?
Kraft
(wendet sich schnell um — beide fahren vor einander zurück).
Ah!
Constance.
Herr Gott — ein Fremder!
Kraft (zugleich).
Eine fremde Dame!
Constance.
Entschuldigen Sie, mein Herr.
Kraft.
Oh bitte!
Constance.
Ich bin eine Freundin der Hausfrau, deshalb trat ich ohne Umstände ein. Sie gehören vermuthlich zum Hause?
Kraft.
Allerdings ja — mein Name ist Kraft.
Constance.
Ah — da sind Sie vielleicht der Schwager —
Kraft.
Schwager?
Constance.
Ich meine, der Bruder des Hausherrn.
Kraft.
Nein — ich habe gar keinen Bruder — wenn Sie erlauben — ich bin es selbst.
Constance.
Sie — das ist ja nicht möglich.
Kraft (bei Seite).
Merkwürdig — sollte die — (zeigt auf den Kopf).
Constance.
Ich müßte Sie doch kennen.
Kraft.
Ich entsinne mich nicht.
Constance.
Vorhin war doch ein anderer Herr hier.
Kraft.
Vorhin — ja, ein Freund von mir.

Constance (sehr bestürzt).
Herr des Lebens!
Kraft (bestürzt).
Was ist Ihnen?
Constance.
Ich hätte mit einem wildfremden Menschen diesen Scherz getrieben — mir wird schwarz vor den Augen. (Bedeckt das Gesicht mit dem Taschentuch, wankt.) Ah!
Kraft.
Mein Gott — Sie wanken — — (Er hält sie in seinen Armen auf.) Beruhigen Sie sich.

Scene 15.
Agnes. Constance. Kraft.
Agnes
(von links — erschreckt).
Ah —
Kraft.
Agnes — gut, daß Du kommst.
Constance.
Gott sei Dank ja —
Agnes.
Jetzt habe ich mit eigenen Augen gesehen!
Kraft.
Constance. } zugleich.
Agnes!
Agnes (zurückweichend).
Geht — laßt mich!
Kraft.
Aber gutes Kind!
Agnes.
Ein Kind wäre ich, wenn ich mich wieder bethören ließe, ich sehe, daß ich verrathen, betrogen, überflüssig bin.
Kraft.
Constance. } zugleich.
Aber Agnes!
Agnes.
Laßt mich — (zu Constance) Du bist die Versucherin — er aber ist der Schwache. — Ich verlasse dieses Haus! (Stürzt links ab.)
Kraft.
Um Gotteswillen — was bedeutet das?

Constance.

Ich kam hier an — eine alte Freundin zu sehen — wir sprachen von Ihrem Mann — von Ihnen — erlaubten uns einen Scherz — ich schrieb jenes Billet an Sie —

Kraft.

Ah — meine Frau wußte darum? (Schlägt sich an die Stirn.)

Constance.

Natürlich — mein Herr, denken Sie etwa, daß ich wirklich —?

Kraft (schnell).

Nein, nein — aber ich begreife — mein Freund kam statt meiner —

Constance.

Ich rechnete darauf, mit dem Manne meiner Freundin intimer bekannt zu werden — ging etwas weit — Was wird jener Fremde denken?

Scene 16.

Seeberg. Kraft. Constance.

Seeberg (von rechts).

Kraft.

Ah — da ist er selbst!

Constance
(wendet sich verlegen ab).

Herr Gott!

Kraft
(geht Seeberg entgegen, lachend).

Denke Dir, lieber Freund — wir sind beide mystificirt.

Seeberg.

Wir?

Kraft.

Ja — (zeigt auf Constance) meine eigene Frau hat sich den Scherz mit uns gemacht!

Seeberg.

Deine Frau?

Kraft.

Ja — ja — (Lachend) Haha — (indem er nach links zur Thür geht) das ist die merkwürdigste Geschichte, die mir je vorgekommen ist! (Kraft ab links.)

Scene 17.

Seeberg. Constance.

Seeberg (bei Seite).
Da bin ich gut hineingefallen. — (Laut) Gnädigste Frau!

Constance (verlegen).
Mein Herr! (Bei Seite) Dabei weiß ich immer noch nicht, wer er ist.

Seeberg.
Was werden Sie von mir denken!

Constance.
Es ist nöthig, daß ich Ihnen eine Erklärung gebe.

Seeberg.
Oh — ich weiß Alles.

Constance.
Alles?

Seeberg.
Ja — von Ihrem Herrn Gemahl.

Constance (bei Seite).
Jetzt hält er mich für die Frau — der Aermste hat heut Unglück.

Seeberg.
Sie machten sich mit ihm einen Scherz — in den ich verwickelt wurde. — Die Sache ist ganz einfach.

Constance.
Doch nicht so einfach, wie Sie denken — (von nun an gefaßt und etwas muthwillig) aber wollen wir uns nicht setzen zur Abwickelung?

Seeberg (jovialer).
Sie hatten die Güte, mir meinen Platz bereits anzuweisen. (Setzt sich.) Ich bin nicht so unruhig, wie Sie denken!

Constance.
Ich auch nicht so nervös! Wie muß ich Ihnen aber erschienen sein?

Seeberg.
Wie eine liebenswürdige geistreiche Frau — nur ein klein wenig unternehmend. — Aber das habe ich sehr gern. (Rückt mit dem Stuhl etwas näher — besinnt sich schnell — rückt weiter zurück.) Ah — pardon!

Constance.
Bitte —! Beichten Sie aber jetzt, mein Herr — wie

sind Sie darauf gekommen, zu dem Rendezvous zu gehen — eine Dame in Versuchung zu führen?

Seeberg.

Oh — — es war eigentlich nur eine Recognoscirungs-Patrouille! — Ich habe sonst Grundsätze!

Constance.

Wozu wären aber die Grundsätze, wenn man sie nicht bei Seite legen sollte! Nicht wahr?

Seeberg.

Hm — hm — es hätte übrigens ein großes Unheil daraus entstehen können — ich war auf dem besten Wege, mich in Sie zu verlieben.

Constance.

Ah!

Seeberg.

Meiner Seele — gleich als ich Sie sah — gnädigste Frau!

Constance.

Davon sagten Sie aber kein Wort.

Seeberg.

Ich dachte an den Brief, den Sie geschrieben.

Constance (spottend).

Aha — Ihre Grundsätze!

Seeberg.

Und dann bin ich vorsichtig, die Frauen, wenn sie so um die dreißig sind, lieben es, mit uns zu spielen — und uns in Versuchung zu führen — —

Constance.

Ah — mein Herr!

Seeberg.

Pardon, gnädige Frau — ich meine eigentlich nur die Wittwen — die haben so etwas Kokettes —

Constance.

Meinen Sie?

Seeberg.

Nachher lachen sie uns aus.

Constance.

Wäre Ihnen das schon passirt?

Seeberg.

Gewiß! Ich habe überhaupt Unglück bei den Damen.

Constance.

Muß ich das glauben?

Seeberg.
Urtheilen Sie selbst. Neulich ladet mich ein Freund ein — als ich ankomme, entdeckt er mir, daß er mich hätte verheirathen wollen.
Constance (bei Seite).
Das wird ja meine Geschichte.
Seeberg.
Die Dame aber, die auch bei ihm war, reißt aus — als wenn der leibhaftige Gottseibeiuns im Anzuge wäre.
Constance.
Sie wußten nicht, weshalb Sie eingeladen waren?
Seeberg.
Auf meine Ehre nicht!
Constance.
Kennen Sie ihren Namen?
Seeberg.
Natürlich. Frau von Leuthen.
Constance.
Ah — Constance von Leuthen! Seien Sie froh — daß sie fort ist.
Seeberg.
Sie kennen sie?
Constance.
Sehr genau.
Seeberg.
Oh, erzählen Sie mir von ihr — bitte.
Constance.
Sie soll noch passabel aussehen.
Seeberg.
Passabel? Hm, das ist so etwas zweideutig — so — so —
Constance.
Ja — man sagt, daß sie Aehnlichkeit mit mir hat.
Seeberg.
Ah, da muß sie reizend sein! (Rückt mit dem Stuhl heran — dann wieder zurück.) Pardon!
Constance.
Aber etwas übermüthig ist sie.
Seeberg.
Das hätte nichts gethan — ich hätte sie schon an die Longe genommen — doch das ist vorbei — sie sitzt jetzt auf dem Rigi!

Constance.

So?

Seeberg.

Denken Sie nur, klettert 6000 Fuß über die Meeresfläche!

Constance.

Wie hoch würde sie nun geklettert sein, wenn sie das Vergnügen gehabt hätte, Sie kennen zu lernen.

Seeberg (etwas consternirt).

Ich danke sehr.

Constance (achselzuckend).

Sicher — wenn sie von der „Dressur" an der Longe gehört hätte?

Seeberg.

Oh — ich kann auch eine leichte Hand haben — gewiß, wenn ich zum Beispiel eine Frau hätte, so wie Sie — gnädige Frau — die würde ich auf Händen tragen.

Constance.

Sie sind sehr gütig.

Seeberg.

Ich darf Ihnen das sagen, als Freund Ihres Mannes.

Constance.

Bitte — geniren Sie sich gar nicht.

Seeberg.

Das ist der Vortheil, wenn man mit verheiratheten Frauen verkehrt — daß man sich so offen aussprechen kann — so ohne Rückhalt — wie ich gegen Sie — ich meine als Freund des Mannes.

Constance.

Ich verstehe — doch vorhin schienen Sie eine Vorliebe für die Wittwen zu haben.

Seeberg.

Oh die Wittwen! — und besonders diese eine, 6000 Fuß hoch — aber ich fahre jetzt zu ihr auf den Rigi —

Constance.

Ah —

Seeberg.

Sie hat ein Flacon vergessen, das bring' ich ihr.

Constance.

Also doch neugierig!

Seeberg.

Nein — wahrhaftig nicht — ich will nur die Geschichte von Schiller's Handschuh aufführen.

Constance.
Aha — „den Dank Dame —
Seeberg.
Begehr' ich nicht." — Ganz recht.
Constance.
Wissen Sie — mein Herr — Sie dauern mich — ich möchte etwas für Sie thun — ich werde Ihnen einen Brief an meine Freundin mitgeben. (Steht auf.)
Seeberg.
Oh bitte — incommodiren Sie sich nicht — ich habe wenig mit ihr zu sprechen. —
Constance.
Man kann nicht wissen — für alle Fälle! (Geht an den Schreibtisch rechts und schreibt.)
Seeberg (Constance betrachtend).
Eine reizende Frau — ein Engel! Was mein Freund Kraft für ein Glück hat — warum kann man das nicht auch haben — ich bin ganz weg — sie hat mir's ordentlich angethan!

Scene 17.
Kraft. Constance. Seeberg.
Kraft (von links).
So, Alles wieder in Ordnung. Meine Frau hat sich ganz beruhigt.
Seeberg (zustimmend).
Ja, sie ist wieder ganz ruhig.
Kraft.
Die Frauen können uns manchmal den Kopf ganz verdreht machen!
Seeberg.
Ja — das hat Deine Frau mit mir auch gemacht. (Klopft ihm auf die Schulter). Freund, Du hast eine prächtige Frau!
Kraft.
Hast Du sie gesehen?
Seeberg.
Kuriose Frage! Er läßt mich eine halbe Stunde mit ihr allein — und fragt — ob ich sie gesehen habe —! es war eine etwas verlegene Scene — alter Sohn!
Kraft.
Ich verstehe nicht — wo hast Du sie denn gesehen?

Seeberg.
Mein Gott hier — da sitzt sie ja und schreibt.
Kraft.
Die — hahaha!

Scene 18.
Vorige. Agnes.
Kraft.

Das ist zum Lachen. (Zu der eintretenden Agnes) Erlaube, daß ich Euch bekannt mache — meine Frau — Rittmeister von Seeberg!

Agnes.
Seien Sie mir willkommen! (Hält die Hand hin.)
Seeberg.
Das ist wirklich Deine Frau?
Agnes (lachend).
Sehe ich nicht so aus?
Seeberg.

Entschuldigen Sie, gnädige Frau — aber mir ist heut so viel Sonderbares passirt — daß ich etwas verwirrt bin. (Giebt die Hand.)

Constance
(hat das Schreiben beendet — für sich).

Jetzt kommt es zum Klappen! (Steht auf.)
Seeberg.
Wer ist denn aber das? (Auf Constance zeigend.)
Agnes.

Eine Freundin, die auf den Rigi reist — liebe Constance — Herr von Seeberg — Frau von Leuthen.

Seeberg.
Rigi? — Frau von Leuthen?
Constance.
Herr von Seeberg — jetzt werde ich verlegen!
Seeberg.

Seien Sie so gut — ja — ich kann nichts mehr darin leisten!

Constance.
Statt aller Worte — hier lesen Sie. (Giebt den Brief.)
Seeberg (liest).

„Liebe Constance — Du hättest nicht abzureisen brauchen — Herr von Seeberg ist ein passabler Mann —" (sieht auf) Passabel?

Constance.
Steht glaub' ich da! — ist etwas zweideutig — so — so —
Seeberg
(lesend — nachdem er sich in die Brust geworfen).
„Paſſabler Mann, den man mit der Zeit vielleicht lieb gewinnen kann. Constance." — Ach — gnädige Frau — Sie —
Constance.
Lassen Sie Alles und geben mir mein Flacon wieder.
Seeberg.
Gnädige Frau — ich ziehe es vor, Ihnen das auf dem Rigi zu überreichen.
Constance.
Die Geschichte vom Handschuh — nein —
Seeberg.
Ach gnädige Frau. (Leise weiter.)
Agnes.
Aber was haben denn die Beiden so lange zu sprechen.
Constance.
Herr von Seeberg fragte nach der nächsten Route zum Rigi. (Leise weiter.)
Agnes.
Gott sei Dank, daß wir nicht dahin zu fahren brauchen — wir bleiben zu Hause!
Kraft.
Jawohl, liebe Frau!
Seeberg.
Wir reisen zusammen?
Constance.
Aber „ohne Longe" wenn ich bitten darf.
Seeberg.
Gnädige Frau (Hand küſſend) Sie sind ein Engel!
(Während Agnes und Kraft eine kosende Gruppe links bilden — Seeberg und Constance ebenso rechts — tritt durch die Mitte schnell ein)
Karl (meldend).
Es ist angerichtet! — (sieht erst links — dann rechts die Gruppe) Ach — ach — Du lieber Gott!
(Während er Kehrt macht, fällt der Vorhang.)